ALINE CHARL

Les manigances de Cloé 2

*À Anne-Sophie,
Benjamin et Marie
A.C.*

ILLUSTRATIONS : ESTELLE BACHELARD

Dominique et compagnie

Les personnages

Cloé

C'est moi. J'ai dix ans. Et sais-tu de quoi je rêve par-dessus tout ? De trouver la paix et la tranquillité loooooin de Victor, mon HORRRRRIBLE cousin !

Mamilou

Elle est la plus gentille des grands-mamans. Elle est mon « camp de vacances » tous les étés, au mois d'août, pour deux semaines de rêve !

Ma tante

Elle, elle n'est pas drôle du tout ! Je me demande parfois de quelle planète elle vient.

Victor

Lui, c'est mon
HORRRRRIBLE cousin.
Je crois qu'il n'a que
deux passions dans la
vie : manger de la
réglisse noire et me
faire fâcher. Il est
vraiment
insupportable.

Peut-Être

Eh bien, là, je pense
que tu ne me croiras
pas. Mais tant pis, je
fonce quand même.
Lui, c'est un… gnome !
Oui, oui. Tu as bien
lu. Un vrai de vrai qui
existe pour vrai et
qui réalise des vœux.
Surprenant, non ?

CHAPITRE 1

Mamilou

9 août. Je suis en visite
chez ma grand-mère.
L'été, je passe toujours
deux semaines chez elle.
Mamilou habite une belle
maison à la campagne,
toute blanche avec de jolis

auvents jaunes.

Les chambres sont
à l'étage. Il y a une grande
cuisine qui sent toujours
bon, un salon où je fais
parfois la sieste,
une véranda qui nous garde
à l'abri des moustiques et   *Bzz*
un grenier que je ne   *Bzzzz*
connais pas encore.   *Bzzzz*

   J'aime être chez Mamilou.
Elle est si gentille et

elle sent si bon! Quand
je suis chez elle,

tout est merveilleux.

Je me lève à l'heure que
je veux. Je ne suis jamais
obligée de terminer ma
soupe. J'ai toujours droit au
dessert. Phil-le-pot-de-colle
(mon frère!) n'y est pas.
Et, surtout, Mamilou ne fait
jamais d'affreux pâtés

chinois comme ceux
de maman !

Je me sens comme
une princesse chez
Mamilou. Je peux me
baigner dans le lac, me
promener dans la forêt.
Et, bien sûr, j'ai
ma grand-mère pour moi
toute seule !

CHAPITRE 2

Victor
la patate

Mais voilà que depuis deux jours, Mamilou garde Victor! Victor, c'est mon **horrrrrible** cousin. Il a huit ans. Il est le fils

de mon **horrrrrible** tante.
Celle qui a un **horrrrrible**
nez si long que les oiseaux
ont envie de s'y percher !
Celle qui pue des pieds !
Celle qui a d'**horrrrribles**
verrues sur le menton.
Celle qui ressemble à
un **horrrrrible** crapaud !

Tu as sans doute compris
que je n'aime pas
ma tante. J'ai mes raisons.

Et pour tout te dire
franchement, je déteste
Victor. Il a aussi
d'**horrrrribles** verrues
sur le menton. Il a toujours
de la réglisse noire
dans la bouche. Et il pue
des pieds, comme sa mère.
En y pensant bien,
je trouve qu'il ressemble
à une grosse patate molle
pleine de verrues !

Pour mon plus grand
malheur, Victor a
une passion : me faire
fâcher. Comme je suis
plutôt maigre et que
mes cheveux sont roux,
il m'appelle « Allumette ».
Alors depuis qu'il est arrivé
chez Mamilou, malgré
les mises en garde de
celle-ci, il m'embête

quand grand-mère n'est
pas dans les parages.

« Hé ! Allumette ! » par-ci.

« Hé ! Allumette ! » par-là.

ÇA N'EN
FINIT PLUS !

CHAPITRE 3

Quelle bagarre !

Je suis patiente…

vraiment! Mais ce jour-là,

Victor a franchement

dépassé les limites.

Il ne doit pas y avoir autre

chose que du sucre

entre ses deux oreilles!

Cette peste avait fouillé
dans ma chambre. Assis
sur les marches de l'escalier
conduisant à la véranda,
il tenait entre ses mains
sales et collantes
mon journal intime !

En changeant sa voix
et en prenant de grands
airs, il lisait mes secrets:

– Ça fait plus de troiiis
semaiiines que je n'ai pas
vuuu mon bêêêl Émiiile...
Ahhh ! Que je m'ennuiiie
de luiii !

En colère, je me suis ruée
sur lui. Avoue qu'il l'avait
bien cherché!

Il a roulé comme
un ballon jusqu'en bas
des marches. J'en ai alors
profité pour m'asseoir
sur son dos et le maîtriser.
À la vitesse de l'éclair,
j'ai ensuite vidé toutes
ses poches de la réglisse
noire qui s'y trouvait
et je lui en ai bourré
la bouche! Mon seul
but était de le faire taire.

Il est devenu tout bleu!
J'étais en train de lui crier
que j'aimais mieux être
une allumette à tête rouge
qu'une poubelle bleue
lorsque la voiture de
ma tante – la sorcière! –
est arrivée dans l'allée
conduisant à la maison.
Voyant son petit poussin
en mauvaise posture,
elle a vite stationné l'auto

pour accourir vers nous

en grognant comme

un cochon à qui on tire

la queue !

   Mamilou est alors sortie

de la maison à la course.

Elle devait agir vite.

En me faisant un clin d'œil,

elle m'a dit sur un ton

prétendument en colère :

– Allez, jeune fille,

au grenier ! Va réfléchir

un peu et ne redescends

pas avant une bonne

heure !

Croyant que je venais

d'être punie, ma tante

a affiché un sourire

de vainqueur pendant
que Victor se vidait
la bouche en tentant
de ne rien perdre de
sa réserve de réglisses…

Quant à moi, j'étais fière
de grand-mère. Au grenier,
elle savait bien que
je serais seule. Donc,
pas de Victor la patate
pour m'embêter.

J'étais soulagée.

J'avais compris
que Mamilou m'envoyait
au grenier pour m'épargner
la présence de mon cousin,
pour que je puisse jouer
en paix. J'ai cependant fait
celle qui était triste d'être
punie. En passant devant
Mamilou, tête basse et dos
rond, je lui ai fait…
un clin d'œil complice!

Dans peu de temps,
Victor et sa mère
retourneraient chez eux.

CHAPITRE 4

Le grenier

Comme je te l'ai dit plus tôt, je n'étais encore jamais allée au grenier. J'ai vite constaté qu'il y avait de tout dans celui de Mamilou. Je ne savais plus où regarder !

La pièce comptait
une seule petite fenêtre.
L'éclairage qui en résultait
donnait une impression
de mystère… Je me disais
qu'un fantôme ou deux
logeaient peut-être dans
ce grenier.

Qui sait ?

J'étais loin de me douter
de ce que j'allais
découvrir… Comme

une fouine, j'ai mis
mon nez partout. J'étais
bien contente de cette
soi-disant punition, mais
à ce moment-là, je ne
savais pas que grand-mère
avait décidé de m'envoyer
au grenier dans l'espoir
que je fouille bien…

J'ai donc commencé
mon exploration du côté
de la lucarne, là où il y avait

le plus de lumière.

De grosses boîtes étaient

empilées les unes

sur les autres. On pouvait

lire des inscriptions

sur chacune :

＊ **Vaisselle** ;

＊ **Vêtements d'hiver** ;

＊ **Outils de plomberie** ;

＊ **Livres de recettes...**

L'une des boîtes n'était

toutefois pas identifiée.

Elle était tout en haut, dans un coin retiré de la pièce. Intriguée, j'ai entrepris de la descendre de son perchoir. J'ai placé de petites caisses de bois en escalier et j'ai grimpé. Contrairement aux autres boîtes, elle était recouverte de poussière. Comme si elle avait été oubliée là depuis des années…

Je l'ai tournée
doucement. Je ne voyais
aucune inscription.

«Bizarre… Mamilou est
pourtant si méthodique…
Comment se fait-il qu'elle
n'ait pas identifié
cette boîte?»

Il faut préciser que
ma grand-mère est
particulièrement bien
organisée. Elle peut dire

très exactement où se trouve n'importe quel objet de sa maison, de la cave au grenier, et ça, sans jamais se tromper!

Ça m'épate, moi qui suis si désordonnée et qui ai toujours tant de mal à retrouver un bidule perdu. Un jour, je pourrais perdre mes pieds et me demander

sérieusement où j'ai bien
pu les laisser traîner!

Toujours est-il que cette
boîte n'était pas bien
grande. Pas plus qu'une
boîte de biscuits. Elle était
en carton très épais et d'un
bleu des jours sans nuages.
Sur chacune des faces,
il y avait de drôles de petits
dessins. On aurait dit une
sorte d'écriture ancienne…

J'étais de plus en plus
intriguée.

Je suis allée chercher
quelque chose pour
l'ouvrir, car, il faut le dire,
la boîte était ficelée
comme un saucisson!
Après quelques minutes
de recherche, j'ai trouvé
une vieille paire
de ciseaux. Contente
de ma découverte, je me

suis rapidement dirigée
vers la boîte. Comme
j'étais énervée, je n'ai pas
fait attention aux caisses
que je venais de déplacer
et… je suis tombée.

Dans ma chute, j'ai
échappé les ciseaux,
qui ont volé dans les airs
pour aller se planter
directement dans la boîte
mystérieuse.

   À cet instant, j'ai entendu
un terrible

En une seconde, je me
suis retrouvée debout,
raide comme une barre !
« Hé, crotte de puce ! Victor
la patate m'a encore
suivie ! » ai-je alors pensé.
J'ai regardé partout autour
de moi. Aucune trace de
Victor. La porte du grenier
était bien fermée,
et rien ne bougeait.

Je me suis dit que j'avais dû rêver. J'étais si excitée que je croyais entendre des voix. «Calme-toi, ma Cloé, calme-toi!» Et je suis retournée vers la mystérieuse boîte.

CHAPITRE 5

La surprise de ma vie

J'ai retiré les ciseaux restés plantés au centre de la boîte en espérant ne pas avoir abîmé son contenu. Puis, j'ai soufflé bien fort dessus. Un immense nuage

de poussière bleue
s'est soulevé. Ça m'a
terriblement surprise.
Je croyais que la poussière
était toujours grise.

J'ai hésité un instant,
quand même un peu
inquiète. Puis, poussée
par la curiosité, j'ai retiré
les ficelles de la boîte
et soulevé son couvercle.

À ce moment-là,
j'ai entendu un drôle
de bruit, comme un soupir
de soulagement…

Une fois de plus, j'ai eu
une étrange impression.
J'ai de nouveau regardé
autour de moi. Personne.
Il n'y avait personne…

Décidément! Moi qui
espérais du mystère,
j'étais servie!

J'ai donc retiré
complètement le couvercle
et je crois bien avoir eu
la surprise de ma vie.
Il y avait dans cette boîte
assez de lumière pour faire
pâlir le soleil !

Sur le coup, j'ai été
tellement éblouie que
je ne voyais plus rien !
Mais mes oreilles, elles,
ne me trompaient pas.
Quelqu'un riait et, j'en étais
maintenant certaine, ce
n'était pas Victor la patate.

Ce rire était comique.
Le rire de Victor est
très, très, très agaçant !

Après quelques instants,
j'ai pu voir à nouveau.
Devant moi se tenait un
personnage à l'allure bien
étrange. Il n'était pas plus
haut qu'un crayon! Il avait
des cheveux frisés
qui semblaient vouloir
s'échapper de son chapeau
pointu et portait
un pantalon à bretelles
et une chemise fleurie.

Il me regardait avec
un sourire moqueur.

Je croyais voir
un personnage venu
d'un autre monde!
Mes yeux étaient grands
comme des melons,
et ma bouche, bien
qu'ouverte, n'émettait
aucun son.

Le petit bonhomme me
fixait. Voyant que j'étais,

pour ainsi dire, paralysée,
il en a profité pour sortir
de sa boîte. Il s'est étiré
longuement. Puis, il s'est
assis confortablement
sur un bout de chiffon.

Une fois ma surprise

passée, il m'a dit :

– Je m'appelle Peut-Être.

Mais oui, tu as bien lu,

il s'appelait « Peut-Être » !

On l'avait surnommé

ainsi parce qu'il avait

la mauvaise habitude

de toujours répondre

« peut-être » aux questions

qu'on lui posait.

Il paraissait heureux
d'être délivré de
cette boîte qui était, en
quelque sorte, sa prison…
… ET MOI, JE NE
COMPRENAIS RIEN!
Ce petit bonhomme
semblait tout à fait réel!
J'ai donc laissé tomber
un faible
– Bonjour!

et une question est sortie
toute seule de ma bouche.

– Mais… qui es-tu ?

– Comment te dire…
Je suis un gnome. Je suis
enfermé dans cette boîte
depuis près de 70 ans !

Je croyais rêver ! Pense
donc ! Ça n'avait aucun
sens !

LES GNOMES N'EXISTENT PAS !

49

Pourtant, un petit personnage qui pouvait bien en être un se tenait devant moi. Et il me parlait! Je me demandais si je n'avais pas lu trop de livres d'histoires fantastiques dernièrement. Mes idées se bousculaient. Je ne savais pas ce qu'il fallait dire ou faire.

Crotte de puce!

«Peut-Être», c'est pas

un nom, ça!

Et je ne me voyais pas

dire à ma grand-mère:

– Regarde, Mamilou,

ce que j'ai trouvé dans

ton grenier: un gnome

qui s'appelle Peut-Être!

Ma grand-mère n'est pas

idiote!

CHAPITRE 6

Une petite vengeance

J'ai eu une idée. J'ai demandé au soi-disant gnome de me prouver qu'il était bel et bien ce qu'il prétendait être.

D'un ton provocateur,
je l'ai mis au défi…
– Normalement,
les gnomes exaucent
des vœux. Alors, fais
tes preuves!
  Peut-Être était d'accord.
J'étais contente. Je n'aime
pas du tout qu'on se
moque de moi. Ainsi,
j'allais pouvoir coincer

cet imposteur venu d'on
ne sait où!

J'ai réfléchi un bon
moment. Je ne voulais pas
me tromper. Je voulais
choisir un vœu absolument
IMPOSSIBLE À RÉALISER!
Puis, après cinq bonnes
minutes, j'ai dit à Peut-Être
que j'étais prête. Je lui ai
dit que j'avais formulé
mon vœu… dans ma tête.

Peut-Être m'a regardée
en riant.

– Je sais… et ton vœu
est justement en train
de se réaliser!

Étonnée, je l'ai regardé
et, au même moment,
j'ai entendu un cri
épouvantable! Vite, je me
suis dirigée vers la lucarne.
En bas, dans le jardin
de grand-mère, je pouvais

voir Victor qui criait

(lui aussi!) comme

un cochon à qui on aurait

tiré la queue!

Mon vœu s'était bel
et bien réalisé!

Toute la réglisse
de mon affreux cousin
s'était transformée en vers
de terre bien dodus.
Même celle qui était dans
sa bouche! Victor crachait,
hurlait et crachait encore.
Des vers sortaient
de toutes ses poches.
PAUVRE VICTOR!

Maintenant, il sautait,
il dansait, il tournait pour
se débarrasser de toutes
ces bestioles dégoûtantes.

Une fois de plus, sa mère
est venue à son secours.
Mais quand elle a vu ce
qui se passait, elle a reculé
de plusieurs pas. Cette fois,
elle ne pouvait pas aider
son petit poussin, car…

Elle avait une peur bleue des vers de terre! Mamilou observait ce qui se passait d'un drôle d'œil.

Moi, j'étais pliée en deux.
Je riais tellement que
j'ai failli faire pipi dans
ma culotte!
– Peut-Être, tu es tout
un as! Mais comment
as-tu fait pour réussir
un tour semblable?
– Tu sais, Cloé, le soi-disant
gnome que je suis
est capable de faire bien
des choses!

CHAPITRE 7

Trois vœux

J'ai pris Peut-Être dans ma main. Je lui ai posé mille questions. Je voulais TOUT savoir.

Alors, il m'a raconté son histoire. Ce petit bonhomme avait 394 ans.

Il était le plus jeune
de son clan. Le petit bébé
de son village, en quelque
sorte. Ses parents l'avaient
un jour puni parce qu'il ne
cessait de jouer des tours
à tout le monde. Peut-Être
trouvait que ses parents
avaient été trop sévères…
Ils l'avaient enfermé dans
cette boîte pour le calmer

un peu en attendant le jour
où un enfant le libérerait.

– Voilà ! Maintenant, je suis
libre. Enfin ! Mais avant
de rejoindre mon village,
je dois t'exaucer trois
vœux, vu que c'est toi
qui m'as libéré.

Mon rêve se poursuivait !
Trois vœux ! Juste pour
moi !

— Et rassure-toi, Cloé.

Le vœu de tout à l'heure
ne compte pas. C'est
une sorte de cadeau.

Ça m'a permis de me
dégourdir un peu.

Ça fait tellement
longtemps que je n'ai pas
joué de tour ! Je voulais
être certain que je n'avais
pas oublié mes formules
magiques.

CHAPITRE 8

La boîte d'Allumette

Alors, j'ai réfléchi, réfléchi
et réfléchi encore. Je ne
savais pas quoi souhaiter.
Ou, plutôt, j'avais trop
de vœux à formuler.

— Est-ce que je dois faire
mes trois vœux tout
de suite ?
— Non, pas du tout.
Tu peux prendre tout
ton temps. Enfin, presque.
Tu as trois jours pour
formuler tes souhaits et…
il y a aussi un petit détail
à préciser. Pendant tout
ce temps, je ne dois pas
te quitter d'une semelle,

et personne ne doit

me voir. C'est la règle.

Sinon, tes vœux ne se

réaliseront pas, et je serai

libre de retourner dans

mon village.

Ces deux petits détails

posaient un problème

important. Je ne pouvais

quand même pas passer

trois jours au grenier.

Et comment cacher

la présence de ce nouvel
ami à Mamilou ?

Moi qui n'avais jamais eu
de secret pour elle…
Il fallait trouver un moyen
de cacher Peut-Être…
Mais lequel ?

Après un moment
d'intense réflexion, j'ai
souri de toutes mes dents.
Je venais de trouver
la solution idéale !

– Mais bien sûr! La boîte!
C'est la cachette parfaite!
Peut-Être, **allez, hop**!
On quitte le grenier.

Même si ça ne le
réjouissait pas, Peut-Être
a grimpé à nouveau dans
la boîte. Comme celle-ci
n'était pas bien grosse,
je pouvais la transporter
partout avec moi.
Nous serions donc

continuellement ensemble,
mais personne ne pourrait
voir mon ami. C'était
parfait.

CHAPITRE 9

Victor est encore là !

Ensemble, nous sommes allés au jardin. Malheureusement, Victor était encore là. Après l'aventure des vers de terre, la sorcière avait décidé d'attendre un peu avant de partir pour la ville. Elle voulait que son cher petit poussin se calme.

En fait, elle voulait surtout qu'il se débarrasse de tous ces vers dégoûtants!

Ma tante déteste la campagne. Et on dirait que la campagne le sait. Chaque fois qu'elle y met les pieds, les moustiques

se rassemblent pour
la piquer joyeusement
comme si elle était un **buffet
à volonté** ! Chaque fois,
elle a une crevaison, ou
elle perd quelque chose,
ou son téléphone cellulaire
cesse de fonctionner…
Il lui arrive toujours des tas
d'ennuis.

Lorsque Victor m'a
aperçue, il a tout de suite

cessé de pleurer. Il s'est mis

à regarder ma boîte

avec beaucoup d'intérêt.

   Pauvre de moi !

Mon vœu n'avait pas réussi

à le calmer. Ce tubercule

plein de verrues allait,

encore une fois,

m'empoisonner la vie…

   Je devais être patiente.

Je ne devais surtout pas

m'emporter. Je ne voulais

pas gâcher un vœu à cause de cette patate.

Rapidement, je me suis dirigée vers ma chambre. J'espérais pouvoir réfléchir en paix. La sorcière ne tarderait pas à partir avec son cher petit poussin. Victor m'a laissée passer sans réagir. La patate avait une idée derrière la tête, j'en étais certaine.

CHAPITRE 10

Ouf !

En entrant dans
la maison, je suis arrivée
face à face avec ma tante
et… j'ai échappé
ma boîte ! Heureusement,
le couvercle est resté bien

en place, mais la sorcière
a entendu un très sonore…

– Hé ! Fais attention !

Peut-Être s'était retrouvé
la tête en bas et les pieds
en l'air ! Mais la sorcière
a cru que c'était moi qui
avais hurlé ces paroles.
Elle s'est mise en colère.
Son nez m'a paru encore
plus long. On aurait dit

que ses verrues
grossissaient à vue d'œil et
que de la fumée sortait de
ses oreilles qui devenaient
de plus en plus rouges.

Mamilou regardait
la scène et semblait avoir
envie de rire. Mais elle
ne voulait sûrement pas
m'encourager à rire aussi.
Alors, elle m'a dit :

– Cloé! Ce n'est pas
une façon de parler
à sa tante!

**« Hé, crotte de puce!
Ce n'est pas moi
qui ai dit ça! »**

me suis-je dit en
moi-même. Je ne savais
plus quoi faire. Tout ce que
je voulais, c'était me

retrouver seule. Alors,

je n'ai rien dit. J'ai préféré

foncer droit vers

ma chambre. Là, j'étais

certaine d'avoir la paix.

   Assise sur mon lit,

j'ai libéré Peut-Être

qui me regardait d'un œil

moqueur. En riant, il m'a dit:

– Je dirais que tu as eu

chaud!

Et comment !

Je n'avais plus envie de prendre mon temps pour formuler mes trois vœux. J'étais en colère contre mon cousin et ma tante. Je devais me dépêcher, par leur faute !

CHAPITRE 11

Encore Victor !

Trois vœux…

Je n'ai jamais aimé me sentir bousculée. Chaque fois, je fais tout de travers. On ne fait pas trois vœux comme ça, vite, vite, vite !

Il faut prendre son temps,
bien réfléchir.

Et pendant que
je me concentrais très
sérieusement, j'ai entendu
un gros **CRAC !** suivi
d'un gros **BOUM !**

C'était Victor… encore!

La grosse patate avait
grimpé sur des caisses
de bois pour atteindre
les premières branches

d'un arbre. Mon cousin
voulait voir par la fenêtre
de ma chambre. Maladroit
comme toujours, il était
tombé. Une fois de plus,
il s'est mis à hurler, genoux
et coudes éraflés.

Exaspérée, sa mère
a tout de même accouru.
Je regardais ce qui se
passait, cachée derrière
le rideau de ma fenêtre.
Je voyais sans être vue.
À ce moment-là, j'ai
entendu mon misérable
cousin bafouiller
– Il y a quelqu'un dans
la chambre de l'allumette !

Il pleurait tellement
qu'il a dû répéter cinq fois,
mais sans succès.

La sorcière ne comprenait
rien. Elle lui a donné
de la réglisse pour qu'il se
calme. Puis, il a répété,
la bouche pleine :

**– L'agumett pal ave k'qu'un
ké cahé ans chune oîtt !**

J'étais découragée,
mais quand même certaine

que mon cousin n'avait pas vu Peut-Être. Donc, j'avais toujours droit à mes trois vœux.

Je devais agir !

Je devais réagir !

VITE !

Maintenant !

CHAPITRE 12

On grogne
à tue-tête !

Tout à coup, j'ai eu
une idée de génie !
J'ai regardé Peut-Être
en riant. Complice, il m'a
fait un clin d'œil.

Déjà, il réalisait
mon premier vœu.

Dehors, près des caisses
de bois brisées, on a
soudain entendu une truie
et son cochonnet grogner
à tue-tête! Les deux
animaux se regardaient
avec des points
d'interrogation dans
les yeux…

Fallait y penser!

Dans mon vœu, j'avais

pris soin de demander

que cette transformation

ne dure que 10 minutes.

Juste le temps, pour

ma tante et mon cousin,

de bien comprendre…

À l'avenir, il serait préférable
de ne plus venir m'embêter
chez Mamilou.

Même si ce n'était pas
très gentil, j'étais fière
de mon idée. Après tout,
ces deux

« petites bêtes »

l'avaient bien cherché!

Après un moment,
j'ai regardé Peut-Être en

le remerciant joyeusement.
Pour une fois, Victor
et sa mère n'avaient pas eu
le dernier mot.

   Pendant tout ce temps,
Mamilou était demeurée
à l'intérieur. Après
l'épisode des vers,
elle s'était dit qu'elle ne
se mêlerait plus de rien.
Donc, elle n'a pas vu

Victor et sa mère à quatre pattes!

Dommage !

Elle aurait bien ri, elle aussi!

CHAPITRE 13

C'est tout trouvé !

Il me restait deux vœux à formuler et cinq bonnes minutes de tranquillité pour les choisir. Cinq bonnes minutes avant que la sorcière et la patate

redeviennent comme
avant.

– Deux vœux. Hum !
Il faut bien réfléchir.

Après quelques instants,
mon regard s'est illuminé.
J'avais trouvé. Je savais
maintenant ce que
je souhaitais. J'ai pris
mon petit ami dans
ma main et lui ai donné
un doux baiser sur la tête.

Je savais qu'une fois
mes vœux formulés,
Peut-Être disparaîtrait.
  Peut-Être m'a alors
promis de réaliser
mes deux derniers vœux.

Comme je m'y attendais,
il est ensuite disparu.

Le lendemain, j'ai raconté
mon aventure à Mamilou.
Pas une fois elle n'a ri.
Elle ne s'est pas moquée
non plus. Elle a écouté,
attentive.

Ma grand-mère m'a crue,
oui !

Je dois te dire que
Mamilou avait le bras

gauche paralysé depuis plusieurs années.

Une grave maladie l'avait laissée ainsi handicapée.

Mais depuis le 9 août de cet été-là, grand-mère a retrouvé l'usage de son bras, comme par magie.

Eh oui, mon deuxième vœu s'était réalisé !

CHAPITRE 14

Et ça recommence !

Une histoire presque
identique à celle que
je viens de te raconter
s'est passée il y a plusieurs
dizaines d'années. C'est
Mamilou qui me l'a dit

à la fin de mes vacances.
Et j'ai toutes les raisons
de croire que c'est vrai
puisque c'est elle qui
a vécu cette même
histoire! Eh oui! Bizarre,
ne crois-tu pas?

Un jour, je serai aussi
une vieille dame. Si je suis
chanceuse, je serai moi
aussi une grand-maman.
Et peut-être que j'habiterai

aussi à la campagne.

Peut-être même dans

la maison de Mamilou…

Dans cette maison,

je ne changerai rien. Tout

sera comme maintenant.

À mon tour, je recevrai

peut-être chez moi

un de mes petits-enfants

pour deux semaines

de vacances. Comme moi,

peut-être sera-t-il plutôt

maigre… Comme moi,
peut-être aura-t-il
les cheveux roux… Et pour
lui, je placerai la fameuse
boîte dans le grenier.
À l'endroit même où je l'ai
trouvée. Je serai alors
heureuse de l'envoyer
à l'aventure, tout là-haut.
Et mon dernier vœu
se réalisera enfin…
pour que tout puisse,

une fois de plus,

recommencer!

DANS LA MÊME COLLECTION

Karamel • Nom d'un chat! Karamel,
c'est le nom que m'a donné ma nouvelle maîtresse,
Lili-Mauve. Mais à quoi a-t-elle bien pu penser? Avec un
nom aussi nul, comment veux-tu que je réussisse
dans la vie? Et moi qui rêve de devenir une grande
vedette de cinéma…

roman lime — DOMINIQUE ET COMPAGNIE

Karamel ❷

J'ai mon voyage!

Lou Beauchesne

Karamel • J'ai mon voyage! Je n'ai

jamais été aussi excité! J'ai entendu une conversation
entre Lili-Mauve et ses parents, et si j'ai bien compris,
on part, toute la famille, une semaine en Italie!
Lili-Mauve ne m'a rien dit, pour me faire la surprise,
j'en suis sûr. Tu imagines? Je vais prendre l'avion pour
la première fois!

Les manigances de Cloé L'été s'annonce
et Cloé rêve du jour où son petit frère – l'insupportable
pot de colle! – partira à son camp de vacances.
Elle aura ENFIN la paix pour quelques semaines!
Mais au dernier moment, la situation se corse : Phil ne
veut plus partir. Cloé devra user de beaucoup
d'imagination (et de quelques manigances…)
pour tenter d'arriver à ses fins. Y parviendra-t-elle?

Mission pas possible ! Je m'appelle
Samuelle. Tout allait merveilleusement bien à l'école.
Mais voilà, il me reste seulement 60 petits jours dans
la classe de monsieur Martin, le prof le plus
extraordinaire du monde ! Peanut-pourrie ! Je dois vite
trouver une solution, sinon, l'an prochain, je vais me
retrouver dans la classe de la très sévère madame Dion !

Catalogage avant publication de
Bibliothèque et Archives nationales
du Québec et Bibliothèque
et Archives Canada

Charlebois, Aline, 1955-

Les manigances de Cloé. 2
(Collection Grand roman lime)
Pour enfants de 7 ans et plus.

ISBN 978-2-89739-319-9
ISBN numérique 978-2-89739-320-5

I. Bachelard, Estelle, 1988- . II. Titre.

PS8605.H368M362 2015   jC843'.6
C2015-941831-3
PS9605.H368M362 2015

Direction littéraire :
Françoise Robert
Direction artistique :
Marie-Josée Legault
Révision linguistique :
Valérie Quintal
Conception graphique :
Nancy Jacques

Droits et permissions :
Barbara Creary
Service aux collectivités :
espacepedagogique@
dominiqueetcompagnie.com
Service aux lecteurs :
serviceclient@editionsheritage.com

Dépôt légal : 4e trimestre 2015
Bibliothèque et Archives
nationales du Québec
Bibliothèque et Archives Canada

Dominique et compagnie
1101, avenue Victoria
Saint-Lambert (Québec) J4R 1P8
Téléphone : 514 875-0327
Télécopieur : 450 672-5448
Courriel : dominiqueetcompagnie@
editionsheritage.com
www.dominiqueetcompagnie.com

Imprimé au Canada

Nous reconnaissons l'aide financière
du gouvernement du Canada par
l'entremise du Fonds du livre du
Canada.

Nous reconnaissons l'aide financière
du gouvernement du Québec par
l'entremise du Programme de crédit
d'impôt – SODEC – Programme
d'aide à l'édition de livres.

Nous remercions le Conseil des arts
du Canada de l'aide accordée
à notre programme de publication.

Financé par le
gouvernement
du Canada | Canadä